Harald Parigger

So ein Pech!

Mit Bildern von
Hermien Stellmacher

SCHNEIDER BUCH

Die Deutsche Bibliothek – CIP-Einheitsaufnahme

So ein Pech! / Harald Parigger. Mit vielen Bildern von Hermien Stellmacher. – München : F. Schneider, 1997
(Die bunte Büchermaus) (Spass am Lesen)
ISBN 3-505-10595-3
NE: Parigger, Harald; Stellmacher, Hermien

Dieses Buch wurde auf chlorfreies, umweltfreundlich hergestelltes Papier gedruckt. Es entspicht den neuen Rechtschreibregeln.

Büchermaus-Illustrationen: Hannes Gerber
Titelbild und Innenillustrationen: Hermien Stellmacher
Umschlaggestaltung: ART-DESIGN Wolfrath, München
Herstellung/Satz: Gabi Lamprecht, 17· FuturT
Druck: A. Huber GmbH & Co. KG, München
Bindung: Conzella Urban Meister, München-Dornach
ISBN 3-505-10595-3

Eigentlich war an Sepp nichts Außergewöhnliches. Seine Beine waren dünn, aber nicht besonders dünn.
Er hatte Sommersprossen, aber nicht besonders viele. Sein Haar war blond, aber nicht besonders blond. Er ging gerne in die Schule, aber nicht gerade besonders gerne. Also, Sepp war genauso wie viele andere Jungen auch.

Nur eine Sache, die war bei ihm ganz anders: Ihm ging nämlich dauernd etwas schief.
Zum Beispiel beim Milchholen:
Wenn sein Bruder Klaus zum Milchholen geschickt wurde, dann kam er nach einer Viertelstunde wieder. In der einen Hand hatte er die Milchflasche und in der anderen das Wechselgeld.
Wenn Sepp zum Milchholen geschickt wurde, dann kam er nach einer halben Stunde wieder. Aber er brachte keine Milchflasche, sondern eine Tüte Mehl oder eine Tube Zahnpasta.
Und das Wechselgeld hatte er in die Hosentasche gesteckt.
Aber die hatte ein Loch ...

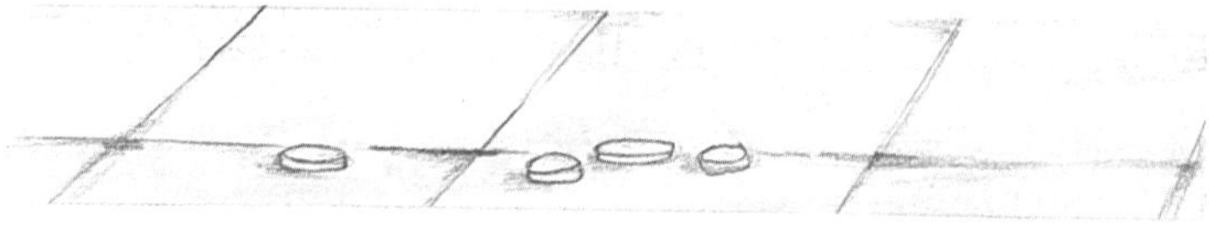

Milch
Zucke

Oder wenn Mama eine neue
Tischdecke brauchte:
Seine Schwester Eva ging zum Wäsche-
schrank, holte die Tischdecke heraus
und brachte sie ordentlich
zusammengelegt ins Esszimmer.

Sollte aber Sepp eine Tischdecke holen, fiel ihm zuerst ein Stapel Handtücher entgegen.
Und wenn er sich bückte, um sie aufzuheben, stieß er sich die Nase an der Tür.

Wenn er dann die Handtücher in das Fach zurückstopfte, vergaß er die Tischdecke vorher herauszunehmen. Und schließlich war die Tischdecke total zerknittert und musste neu gebügelt werden.

In der Schule ging es Sepp nicht besser. Alle Schüler mussten ab und zu mal an die Tafel kommen und etwas schreiben oder rechnen.
Wenn Katja, Peter oder Michael aufstanden und an die Tafel gingen, passierte nie etwas. Wenn Sepp an die Tafel kommen sollte, fielen ihm zuerst alle seine Filzstifte auf den Boden.
Dann stolperte er über eine Schultasche.
Und am Schluss zerbrach ihm bestimmt auch noch die Kreide.

1+2=3
4+

Am schlimmsten aber war es beim Fußballspielen.
Sepp konnte nämlich sehr gut Fußball spielen und darauf war er besonders stolz.
Doch immer, wenn er in der Nähe des Tors war und gerade einen Bombenschuss loslassen wollte, fiel er über seine eigenen Füße.

Die anderen Kinder lachten immer,
wenn ihm wieder etwas passierte.
Ja, mit der Zeit lachten sie schon,
bevor es passierte!
„Achtung, da kommt Sepp, der Depp!",
riefen sie. „Was wird jetzt wohl wieder
schief gehen?"

Wenn Sepp zum Milchholen geschickt wurde, dann rief Klaus: „Ach du liebe Zeit, Sepp, der Depp, soll einkaufen! Ich bin gespannt, was er heute mit nach Hause bringt!“
Und wenn er etwas aus dem Wäscheschrank bringen sollte, seufzte Eva: „Du meine Güte, Sepp, der Depp, darf an den Schrank?
Das wird ja wieder ein schönes Durcheinander geben!“

Bald wurde Sepp von allen nur noch Sepp, der Depp, genannt.
Er fand seinen Spitznamen kein bisschen komisch.
„Sepp, der Depp! Sepp, der Depp!"
Das klang, als ob er der allergrößte Dummkopf wäre. Und das stimmte ja nun wirklich nicht!

Also bemühte sich Sepp, alles richtig
zu machen.
Er passte höllisch auf, dass er nichts
vergaß, dass er nicht stolperte und dass
er nichts durcheinander brachte.
Aber es war wie verhext:
Je mehr er aufpasste, umso mehr
ging schief.
Seinen Spitznamen wurde er
überhaupt nicht mehr los.
Er hieß bloß noch Sepp, der Depp,
und das machte ihn schrecklich traurig.

Und dann kam sein siebenter Geburtstag.
Es war ein Sonntag und das war besonders schön, denn die Eltern mussten nicht arbeiten und die Kinder nicht zur Schule gehen.
Alle saßen um den Frühstückstisch: Mama, Papa, Klaus und Eva. Und Sepps beste Freunde, Michael und Katja, waren auch schon da.

Auf dem Ehrenplatz saß natürlich Sepp.
Nachdem alle ihm gratuliert hatten,
sagte Papa: „So, nun musst du
die Kerzen ausblasen!"
In der Mitte des Tisches stand eine
prächtige Geburtstagstorte, geschmückt
mit sieben brennenden Kerzen.

Sepp schob den Stuhl zurück
und stand auf.
Er beugte sich weit vor.
Er holte tief Luft.
Er blies mit aller Kraft.

Und dann verlor er das Gleichgewicht
und fiel über den Tisch.
Dabei warf er zwei Tassen um und
landete mit der Nase genau in der
Geburtstagstorte. Zum Glück hatte er
die Kerzen schon ausgeblasen!

„Sepp, der Depp, Sepp, der Depp!“, riefen alle und lachten sich halb tot.
Sepp hob den Kopf und wischte sich die Sahne von der Nase.
Er war wütend.
Er hätte heulen können vor Wut.

Vor Wut auf sich selbst, weil ihm dauernd etwas schief ging, sogar an seinem Geburtstag.
Aber vor allem vor Wut auf die anderen, weil sie immer Sepp, der Depp, zu ihm sagten.
„Lasst mich in Ruhe, ihr Blödmänner!", wollte er eigentlich schreien.

Und dann schnell in sein Zimmer laufen.
Aber nun geschah etwas Seltsames:
Er starrte auf Papas Nase, die zu lang und ein bisschen krumm war, und dachte plötzlich: „Na gut, jeder nennt mich zwar Sepp, der Depp, aber wenn ich euch so anschaue: so tolle Typen seid ihr auch nicht gerade!"

Papa zum Beispiel mit seiner langen Nase.
Dauernd verlegte er seine Brille und er konnte nicht mal Spiegeleier braten. Und das in seinem Alter!
Sepp hatte eine wunderschöne Nase, ganz gerade und genau richtig lang. Seine Brille verlegte er nie (was kein Kunststück war, denn er hatte keine). Spiegeleier konnte er zwar auch nicht braten, aber wenn er so alt war wie Papa, dann konnte er es bestimmt!

Mama hatte furchtbare Angst
vor Spinnen. Sie drehte schon durch,
wenn sie bloß von weitem eine sah.

Sepp fürchtete sich gar nicht
vor Spinnen.
Er ließ sie manchmal sogar
auf seinem nackten Arm herumlaufen.

Klaus konnte immer noch nicht schwimmen, obwohl er schon in der vierten Klasse war.
Sepp schwamm dagegen wie ein Fisch!
Eva musste sich immer noch von Papa aufs Fahrrad setzen lassen, weil sie allein nicht in den Sattel kam.
Das war für Sepp überhaupt kein Problem!

Michael konnte die kleinen Buchstaben
immer noch nicht richtig lesen.
Aber Sepp hatte schon mindestens
drei dicke Bücher verschlungen.

Und wenn man Katja
beim Handstandmachen zuschaute,
konnte man nur noch lachen.
Immer wieder fiel sie auf den Bauch ...
Sepp konnte sogar
auf den Händen gehen!

Also hatte er eigentlich überhaupt
keinen Grund, traurig zu sein.
Ihm ging manchmal etwas schief.
Na und?